누란의 미녀

지혜사랑 263

# 누란의 미녀

박방희 유고시집

지혜

# 시인의 말

나는 오랫동안 두렵고 두려웠다.
1987년, 첫 시집 『불빛 하나』 출간 이후
여러 권의 시집 원고가 쌓일 동안
작품집을 낼 기회가 없었다.
윤흥길의 '아홉 켤레의 구두로 남은 사내'처럼
'아홉 권의 시집 원고로 남은 시인'으로
끝나게 될까봐 두려웠던 것이다.
그러다 28년 만에 두 번째 시집이 출간되고
잇달아 시집이 나오면서
'아홉 권의 시집 원고'가 아니라
'아홉 권의 시집으로 남는 시인'이 되게 되었는데
어느새 두 자릿수인 10권째 시집을 내게 되다니
그저 독자와 출판사와 세상에 감사한다.
2022년 11월 14일


• 박방희 시인(1946-2022)은 2022년 12월 6일 향년 76세로
이 세상을 떠나 하늘나라로 돌아가셨습니다. 이 유고시집을
독자 여러분들에게 바칩니다.

2023년 3월

# 차례

# 1부
# 12월의 장미

## 2부
## 줄

# 3부
# 창문 넘어 도망친 101세 노인

# 4부
# 聖 나무

# 1부
## 12월의 장미

# 비상구

여기서부터는 날아갈 수 있습니다

# 12월의 장미

장미는 몸속
피로 꽃을 피운다
엄동 혹한에 핀
저 검붉은 장미송이

더 뽑을 피가 없자
제 심장을 뽑아
마지막 꽃으로 피워냈다

# 동백꽃
### ― 絶命詩

참수된
붉은 꽃들이
모가지채
뎅겅뎅겅 떨어진다

송이송이
절창이다!

꽃


꽃 지는 것은 열매 맺은 다음의 일

암꽃이 지자 수꽃도 따라 지네

# 깜장꽃

꽃 없는 겨울
산에 들에
까악, 까악,
까마귀
울음소리

이 골 저 골에
깜장꽃 피네

# 겨울 꽃

겨울에도 꽃 핀다

산에 들에
눈꽃 핀다

창에 창에
성에꽃 핀다

# 까마귀

적막한 겨울 산에
까마귀가 운다
거 누구 없느냐고
까마귀가 운다
어두운 겨울산도
까마귀가 되어
과악, 과악,
검은 울음을 운다

# 누란樓蘭의 미녀

1980년 신장 위구르 자치구 누란에서 발견된 마흔다섯 살쯤 되어 보이는 미라. 기원전 2천년쯤 죽은 것으로 추정되는 '누란의 미녀'는 죽은 것이 아니었다. 靈이 그 안에 살아 있었으므로

몸은 죽어 누천년 땅속에 묻혀 있었으나 이승과 저승에籍을 두고 영혼은 암흑 속에서 더욱 형형하여 그녀는 여전히 살아 있었던 것이다

보라, 저 모습이 죽은 사자의 얼굴인가? 입가에 감도는 미소며 온화한 표정
生과 死의 절체절명의 순간에도 우아함을 잃지 않은 저 모습은 죽음도 감히 침범 못 하는 경계가 있음을 보여준다

지하의 어둠 속에서도 시공을 넘나들며 우주와 소통하고
아득한 과거와 현세와 미래를 오가는 누란의 그녀가
지금 내게 다정하게 말을 걸어온다

죽을 수 없거나
죽지 않을 수도 있거나
죽음이 침범 범접 못 하는 靈의 세계가 있음을 말하며….

* 1980년 신장 위구르 자치구 누란樓蘭에서 발견된 유럽 인종 여성미라. '누란의 미녀'로 알려져 있다.

19

# 나무속의 불

나무속에는 불이 탄다
아니 불이라는 꽃이 산다
나무가 죽어도 죽지 않는 불은 나무의 魂

혼이 떠나면 사람이 아니지만 나무는 죽어도 나무

나무는 집이 되고 가구가 되고
배가 되어 물 위를 떠다니거나
수백 톤의 기차가 오가는 침목이 되어도
나무속 불은 꺼지지 않는다

누가 枯死木을 베어 한 짐 지고 간다
죽은 지 오래라도 나무속의 불은 뜨겁게 살아 있다

어느 때든 활활 꽃 피며
식구들의 저녁밥을 짓고 방구들을 데울
아름다운 불꽃을 저기 누가 지고 간다

# 까마귀

해질 무렵 산봉우리 위로 검은 까마귀들 몰려든다 그곳이 聖所인 듯 가장 높은 나무 가지에 앉아 지는 해 바라본다

무슨 거룩한 의식인가, 일몰의 장엄함을 바라보며 스스로 존엄을 느끼는 시간, 靈의 세계로 편입되는 검은 새들의 장엄 미사

유목의 까마귀 떼 불타며 지는 해를 눈 속에 담아 어둔 밤을 견뎌 내리라 저 스스로를 닦으며 깊어지는 것이리라

# 목마른 사랑

예수 그리스도가 골고다 고원에서 십자가에 못 박혀 죽어가며 목마르다고 하자, 한 병사가 마른 수건에 신 포도주를 적셔 창에 걸어 입에 대주었다 그때 예수가 빨아먹은 것이 신 포도주였을까? 아니다, 불쌍한 그 남자는 사랑에 목말랐던 것이다 세상의 적의에 찬 증오가 그를 죽게 했지만 그가 갈망했던 것은 사랑이었다 버림받은 肉體를 위한 한 모금의 물이 아니라, 목마른 靈魂을 적셔줄 한 줄기 矜恤과 사랑이었던 것이다

그렇게 우리는 목마르곤 한다

대구 桃園洞 1번지 자갈마당에서 외출 나온, 아직 한 번도 혼인한 적 없는 처녀, 모든 잇속에서 버림받아 아직도 세상에 入住 못한 聖處女가 어두컴컴한 지하도 계단을 올라와 해를 향해 서 있다 비스듬히 몸을 숙이고 쏟아질 듯 온몸으로 햇살을 받아들인다 헝클어진 머리칼로는 이목을 가려 세상을 가리고,

바싹 마른 스펀지가 물을 빨아들이듯
밝음과 햇볕을 빨아들이던 그녀

작두 날 아래, 목을 내민 순교자처럼
대명천지에 제 목을 뽑아 한 바가지 피를 빨아먹는다

22

# 어떤 줄

그에게는 줄이 많았다. 세상의 이런저런 연줄이 아니라 거역할 수 없는 명줄, 일곱 개의 목숨 줄이었다. 그의 허리를 감은 또 하나의 줄은/이 있었다. 일곱 개의 명줄을 모두 이으며 허공과 지상을 잇고 오늘과 내일을 잇는 줄, 높은 곳에서 아득한 아래로 드리워져 대롱거리는 생계의 밧줄, 생활의 줄이었다. 그 줄 한 가닥에 매달려 양산 덕계동 15층 아파트 외벽을 도색하던 인부 김씨(46세)에게는 2017년 6월 8일이 삶의 마지막 날이었다. 작업의 무료함을 달래기 위해 켜놓은 그의 휴대폰 음악소리가 시끄럽다며 옥상에 올라온 아파트 주민 A씨(41세), 어떤 망설임도 없이 커터 칼로 김 씨가 매달린 밧줄을 잘라버린 것이다. 고층 아파트 외벽에서 대롱거리던 단 하나의 줄이 끊어지자, 그에게 매여 있던 부인과 생후 27개월에서 고등학교 2학년까지 5남매 생의 줄도 모두 끊어지고 말았다. 절망에서 일어서던 희망의 줄 바닥에서 비상하던 꿈의 줄 단란한 생을 꿈꾸던 삶의 줄이……

* 2017년 6월 8일 오전 8시경 경남 양산시 덕계동의 15층 높이 아파트에서 입주민 A씨(41)가 시끄럽다는 이유로 아파트 외벽에 매달려 도색작업 중이던 인부들의 생명줄을 끊는 바람에 추락사한 김모(46)씨에게 5명의 자녀가 있었다. 14일 경남 양산경찰서 등에 따르면 숨진 김씨는 20여 년 전 부인과 결혼해 현재 생후 27개월에서 고등학교 2학년까지 4명의 딸과 1명의 아들을 두고 있다. 자식을 많이 낳은 것은 부인이 외동딸로 자라면서 외로움을 많이 겪어 자식들에게는 형제자매를 많이 만들어 주기를 원해서였다.

# 火口 앞의 줄

화장장에 줄서 차례를 기다리는 관들

그들은 거리두기 하지 않아도 되었다

저마다 숫자로 매겨진 이름표를 달고

火口 속으로 들어갈 차례를 기다렸다

# 福券

福券 판매점 앞에 줄서 있는 것은 希望이다

저들이 저렇게 자리다툼도 하지 않고 줄서 차례를 기다리는 모습은 낯설다 우리는 줄 하나 서면서도 얼마나 많이 다투며 적의를 드러내곤 했던가 그러나 지금 저 평화로운 풍경은 행여나 돌아올 행운이 달아날까봐 새치기는커녕 자중하고 침묵하며 이빨과 손톱을 감춘 채 오로지 선량한 이웃으로 서 있다

반달 같은 얼굴들, 아니 온달같이 합장한 마음들
福券을 산다는 것은 언젠가 한 번은 다가올 행운에 기대
希望을 사는 것이고 꿈을 사는 것이다

이 땅의 백성들만큼 행운이 절실한 국민이 없다 줄선 사람들 모습에 각인된 구구절절한 사연들, 모두 행운을 기원하며 주말을 기다린다 이건 신앙 이상의 종교이자 애국이고 진통제이고 마약이고 구원이다 오늘의 시름과 미래의 불안에서 벗어나게 하는 만병통치 처방전이고 또 한 판의 굿이다

馬券도 아니고 株券도 아니고 福券이라니 얼마나 福된 것이냐!

그건 福을 누릴 권리이자, 복을 살 권리고 복을 꿈꿀 권리이다

  복권 가게 앞에 흐린 얼굴로 줄선 사람들 비웃지 말고 말리지도 마라 단돈 몇 푼으로 살 수 있는 대박의 꿈을 비질하듯 쓸어내지 마라 다가오는 또 한 주간 가슴 설레는 그 꿈도 없이 어떻게 살아갈 것인가?

# 밥줄

대낮, 점심때마다 길게 늘어서는 줄이 있다

무료급식소 앞
명줄보다 질긴
밥줄……

# 2부

## 줄

# 방역 중인 국회

국회의 폐쇄 또는 자가격리
대한민국 초유의 사태

국회를 열어 방탄을 하더니
국회를 닫아 방역을 한단다


* 2020. 2. 26. 코로나19 사태로 대한민국 국회가 42시간 폐쇄되는 초
  유의 사건이 있었다.

# 우한 폐렴

마스크를 한다
손을 씻는다
마스크를 한다
손을 씻는다
마스크를 한다
손을 씻는다
마스크를 한다
손을 씻는다
마스크를 한다
손을 씻는다
마스크를 한다

그렇게 손 씻고 마스크 한 석 달 열흘
아무는 죽었고 아무는 죽지 않았다

# 줄

코로나19 바이러스가, 있는 줄은 지우고 없는 줄을 만든다.

기차표를 사거나 버스나 비행기에 탑승할 때, 영화관이나 미술관, 마트의 계산대나 은행 창구 앞에 서 있던 줄, 줄, 줄들이 줄줄이 사라졌다. 한 끼 밥을 해결하기 위해 대낮 무료급식소 앞에 길게 늘어 서 있던 서글픈 줄까지……

코로나19가 점령한 삶
유령 같은 도시
인적이라곤 드문데

마스크를 사려고 마트, 약국, 우체국 앞에 길게 늘어선 줄,
외줄로 가느다랗게 이어지다 U턴을 되풀이하며
실타래처럼 감기는 줄

그러나 이건 줄이 아니다.
사회적 거리 속에 점으로만 찍힐 뿐
하나의 끈이 되어 서로를 묶을 수 없고 이을 수도 없는
줄 아닌 줄

# 마스크

구름 잔뜩 낀 3월의 봄날 아침
코로나19 걸릴라,

하늘도
마스크

## 노아의 方舟

전 세계 팬데믹 현상을 불러온 우한 발 코로나19 바이러스 사태는 현대판 홍수이다.
저마다 문단속하고 울타리 쳐놓은 집, 집, 집, 집은
이 시대 노아의 방주

문 닫고 창 닫고 표류하는 세상 속을 둥둥 떠다니며
석 달 열흘 수위가 낮아질 때까지

속수무책 물끄러미 창밖을 내다보며
푸른 육지가 드러나기를
기다리는…….

비는 여전히 내리고
우리는 아직 방주의 문을 열지 못한다

# 휴가

누구는 십 년 만의 휴가라 한다
코로나 바이러스 내습으로 강제 격리되거나
위리안치圍籬安置된

그러나 하루 이틀 사흘 나흘…….
휴가가 길어지면서
못질된 집 안에서도 차츰 비어가는 것이 있다

냉장고가 비어가고
얼마 안 남은 통장도 비어가
차츰 생활이 비며 삶도 비어

코로나 바이러스 휴가가
더러는 영원한 휴가가 되기도 하였다

# 비다

    사회적 거리 두기가 계속되며 골목이 비고 버스가 비고 지하철이 비고 사무실이 비고 광장이 비고 마트가 비고 시장이 비고 아침이 비고 점심이 비고 만남이 비며 주차장이 비고 식당이 비고 주점이 비고 사람들의 저녁이 비고 밤이 비고 꿈이 비고 교실이 비고 교회가 비고 휴일이 비며 공원이 비고 들이 비고 산이 비고 비고 비고 비고 비우면서 마스크 한 마음과 생각도 비는데

    검은 허깨비와 유령이 떠도는 거리
    오로지 코로나19 바이러스만 득시글거리는 세상
    살아있어 숨 쉬는 모든 것은 숨이 차고….

# 自然의 시간

코로나 바이러스의 내습으로 인간이 비운 도시의 거리와 들과 산, 숲과 공원, 강과 바다에 자연의 시간이 시작되었다

"미국 샌프란시스코의 관광명소, 금문교에 코요테 한 마리가 나타났습니다. 관광객들로 붐비는 곳이지만 코로나19로 인적이 끊기면서 코요테 차지가 됐습니다. 칠레 산티아고에서는 퓨마가 도심을 활보하고, 웨일스의 휴양도시 란디드노에는 느닷없이 산양 무리가 나타나 도로를 가로지릅니다. 국제적 멸종위기종인 리들리 바다거북은 산란을 위해 인도 동부 오디샤 주 해안에 10년 만에 다시 출현했습니다. 태국에서는 관광객을 피해 숨었던 듀공 무리가 한가하게 헤엄치는 모습이 포착되기도 했습니다. 코로나19로 세계 각국에 봉쇄 조치가 내려져 사람의 활동이 줄어들면서 나타난 현상들입니다. 코로나19의 확산을 막기 위해 어쩔 수 없이 취한 봉쇄 조치들이 생태계와 환경, 그리고 인류의 미래에 대한 새로운 도전을 일깨워주고 있습니다."(2020.4.25.YTN 박홍구 기자)

지금은 코로나19 바이러스가 세상을 바꾸는 중…….

# 오늘 확진자는 0이었다

발발 이후 확진자 0
영이라는 숫자가 이처럼 반가울 수가
죽은 조상 만난 듯이 반가운 0
제발 0이 이어지기를
다가오는 날마다 0이어서
영원히 영영이기를
0이 이토록 귀한 줄 모르고 살았네
0은 靈이 되거늘
없으면 위험한 몸 아니 죽은 몸
영이야말로 알맹이
0에게 두 손 모으며
0을 두 팔로 받아 안는다
백보다 천보다 만보다 0인 것을
영이 우주이고 우주가 0인 것을
그래서 空이라고도 하지 않는가
모든 것의 시초이고 출처이고 끝인 것을
모든 것의 알인 영
0에서 태어나
비로소 시작할 수 있으니…….

# 아침이 있는 삶

손 아무개라는 교수 출신 정치인
'저녁이 있는 삶'을 들고 나와 주목받은 게
바로 엊그제 일 같은데
저녁이 있는 삶은 아득히 잊히고
그 역시 몽니를 부리다가 어느새 손절되었다
지금은 코로나19 바이러스 시대
저녁이 있는 삶은
그저 한여름 밤의 꿈이거나
아득한 옛날이야기
삶이여, 바라건대
아침이 있는 삶을 다오
가족의 배웅을 받으며
매일 출근할 수 있는 직장
어디든 일하러 갈 수 있는 일터
잘 다녀오라는 인사를 주고받을
아침이 있는 삶을 다오!

# 허무

허무는 단 하나, 허무는 힘이 있어
모든 것을 허물지
눈에 안 보이는 것이
눈에 뵈는 것을 허물어
수십 년 지어낸 육신도
하룻밤에 허문다
쌓아올린 학업도 이력도
일순에 허물고
누대로 쌓은 공덕도
하루아침에 허문다
허무는 정말 힘이 세
안으로 허물다가
바깥까지 허문다
셀 수 없는 영광과 성취도
한꺼번에 무너트리고
아름다운 초원과 궁전도
폐허로 바꾸고 말지, 허무는

# 화장火葬

이승에서 마지막으로 하는 화장化粧,
더 이상 화장하지 않아도 되는
불가역적인,

이승의 경계를 지나
저승으로 가는 길을 내는
화장장의 뜨거운 연기는

생의 이력을 흘림체로 복기하며
뭉게뭉게 하늘에 올리는 소지燒紙

태워도 태워도
어쩔 수 없는 미련
한 줌 뼈를 유물로 남기고

하늘의 것은 하늘로
땅의 것은 땅으로 보내는
마지막 의식

# 죽음, 또는 죽었다는 말

대체로 모든 죽음은 뜻밖의 죽음이다

생각지도 못한 것이고
예외적이고
또 결정적인 것이니

자고나면 몇 사람이 죽고 또 뜻밖의 누가 죽었다는 말을
듣는다
　이제 죽음도 새삼스럽지 않은, 참 일상적인 것이 되었다
　지인이나 심지어 가까운 인척이 죽었다고 해도 그런가
할 뿐,

죽음 앞에 마땅히 차려야 하는 예는 사라지고
문상의 의식도 면제되었다
내외에 訃告하고 슬픔을 함께하며 고인을 추모하던 일은
有史 이전의 일이 되어 일생일대의 사건은커녕 저녁뉴스
거리도 아닌 게 되었다

2020년 흰쥐의 해,
쥐처럼 내습한 코로나19 바이러스에 속수무책 당하는 세상
우리는 모두 너무 쉬이 解脫하였다

# 어느 구두장이의 죽음

부고도 없이 그가 죽었다
기침 몇 번으로 亡人이 된 그
그가 지은 구두를 신고
그의 무덤에 가서 조문하고 있다
자그마한 비석 하나 놓인 무덤 앞에서
나보다 더 슬퍼하는 구두
길이 끝날 때까지
마르고 닳도록 그를 생각하며
걸음을 계속하겠지
어느 곳 어느 자리에 가도
그의 손길과 숨결을 느끼며
기쁨보다는 슬픔의 기억으로
오래 그를 떠올리겠지
구두코에 어리는 추억들을 추억하며
구두가 창조주에 묵념할 때
구두 없이 먼 길 떠난 그가 되돌아보며
그래도 웃을 수 있을 것이다

# 3부
## 창문 넘어 도망친 101세 노인

## 저녁

키 큰 巨人이 어둠을 들고 저벅저벅 걸어오고 있다

# 시인 문인수

회복되기 어렵다는 병으로 투병중인 그의 싸움에
오랜 친구인 내가 할 수 있는 것은 아무것도 없다
병은 날마다 조금씩 깊어지고
바라보는 이들의 시름도 깊어간다
망설이다가 전화하면
그의 부인이 중계하거나 바꿔주거나 하지만
시인의 안부는 알아도 조마조마 몰라도 조마조마
조바심 나게 조심스러운 친구의 안녕
천방지축 웃고 놀던 예전으로 돌아갈 수 있다면
그래, 삶에도 U턴이 있어
일생 한 번쯤은 예전으로 아니 그 비슷하게라도 돌아가
티 없이 웃고 떠들며 노래도 하고 싶지만
세월에는 끝내 U턴이 없어라
미안하다는 것처럼 난처한 것도 또 없네
아프지 않은 내가 아픈 친구의 안부를 묻는다는 게
친구에게도 미안하고 그의 부인에게도 미안하고
그의 시를 기다리는 세상에도 미안하여
미안함을 미루려고 전화도 미루다가 문득
무소식이 희소식이란 말이 구원처럼 떠오른다
그래, 친구여. 오래 무소식으로 건재하시게나
참고 참으면서 그저 무소식으로 있게나
집 뒤로 흐르는 금호강 물소리나 들으며

우리 새롭게 시작할 다음 생을 기대하며
낮달 가듯 세상의 한 굽이를 건너 건너가시게나

# 나비 만장輓章

나비 몇 마리 팔랑팔랑 날아간다
애장터로 가는 산길

가마니로 싸서 지고 가는 주검에
앞서거니 뒤서거니 따라간다

좋아하던 꽃 댕기 매고
북망산천 가는 다섯 살짜리 少女

# 연기 煙氣

한 줄기 위로 위로 오르는
화장장의 저 연기는 누구의 몸인가
죽는다는 것은 가벼워짐이고
가벼워지지 않고는
세상을 떠날 수 없음인가
연기가 되어 병 속으로 드는 거인처럼
연기를 잡으면
본래의 몸을 잡는 것인가
우리는 모두 緣起로 태어나 생을 演技하다
한줌 煙氣로 사라질 뿐이다
하늘로 흩어지면서
神만이 아는 문자로
생의 내력을 보여주는 연기
죽는다는 것은
발길이 끝나면 지워지는 길처럼
한 줄기 연기로 사라지는 일
사라짐으로써 아름다운 연기
길은 宇宙로 열려 있다는 듯
마지막 행로를 표시하며
자꾸만 위로 위로 오른다

# 죽는 일


아무데나 제 주검을 버리는 발가벗은 지렁이는 얼마나 징그러우냐


새들은 영원으로 날아가 죽고
죽을 때가 된 코끼리는
아무도 모르는 곳으로 가 제 무거운 몸 내려놓고/ 주검을 부린다/ 이승을 하직한다


별은 流星으로 불타며 지는 동안
생의 마지막 순간을 장식하고
더러 지구라는 행성에 떨어져
작은 隕石을 남기지만
별에게는 무덤이 없다


사람도 그렇게 장례할 수 없을까
장의 우주선을 타고 날아올라
별똥별처럼 불타며 죽는 일


세상에 온 흔적을 지우고
무수히 반짝이는 별을 바라보며
마지막 밤을 영원으로 바꾸는 죽음의 의식

# 멧비둘기

오늘 낮, 운동하러 가는데 아파트 옆길 축대 위에 멧비둘기 한 마리가 앉아 있다. 두터운 점퍼에다 군고구마 장수 모자, 시커먼 마스크까지 한 물체가 가까이 지나는데도 움쩍도 않는다. 그냥 묵묵히 아래 길바닥 쪽을 향해 앉아 어느 한 곳을 뚫어지게 바라보다가 고개를 들어 두리번거리기도 하지만 영 그 자리를 벗어나지 않는다. 가끔 차들이 교행하고 동네 사람들만이 오가는 한적한 곳, 길고양이들의 영역인 공터 자락 축대 위에 왜 꼼짝도 않고 앉아 있을까? 까닥하면 배고픈 길고양이의 밥이 될 수 있을 터인데…. 아, 거기 길바닥에서 나는 무언가 보았다. 차바퀴에 눌려 납작해진 비둘기 사체였다. 머리나 몸통은 으깨지고 오로지 날개 한 짝만 바닥에서 떠오르려고 팔락대고 있었다. 한 쌍의 멧비둘기가 먹을 것을 찾아 인가에 내려와 길바닥에서 뭔가 주워 먹다 미처 날아오르지 못하고 차바퀴에 압살된 비둘기, 그 자리를 떠나지 못하고 구구거리며 바닥에서 날아오르기를 기다리고 있는 또 한 마리의 짝 비둘기였던 것이다.

# 벽 속의 시인
### — 고 문인수 시인을 생각하며

그는 곧잘 고치 속 애벌레처럼
스스로 몸을 작게 만들었다
서 있을 때도 굽은 어깨 죽지 밑으로
아랫몸을 말아 넣었다
그는 벽과 친했다
어떤 자리에서든 벽을 등지고 앉아
자신을 벽 속으로 우겨 넣었다
종종 구석에서 그를 찾아낼 때면
웅크린 구석에 묻히듯 안겨 있었다
그럴 때 그는 아주 편안해 보였다
의자에서는 몸을 의자에 맞춰
완벽한 합일을 이루어 냈다
여럿이 둘러앉은 자리에서도
자그마한 그를 찾아내기란 쉬웠다
벽을 둘러보면 양각되거나
반쯤 들어가 음각된 그가 있었다
마치 벽이 두런두런 얘기하듯 했다
이제 뚜껑을 닫고 관 속으로 들어간
시인을 만나기가 쉽지 않게 되었다
그는 사라지고 일생도 끝난 것이라지만
그의 시가 회자되고 추억되는 한
일생은 계속될 것이다

지금도 가끔 구석에서 그를 끄집어내고
벽속에서 일으켜 세우기도 하므로
나는 그가 관이 아니라
수많은 벽속으로 사라졌다고 믿는다

# 벽壁

벽이 있다, 그냥 밋밋한 벽이다
텅 빈 공간이 휑하여 그림 하나 건다
그 아래 항아리 두어 개도 갖다 놓는다
무언가 채워진 느낌이다
시간이 흐르고
세월만큼 먼지가 쌓인다
그림의 먼지는 털어 내도
의식에 쌓인 먼지는 지울 수가 없다
걸린 그림과 놓인 항아리를 치운다
그 어떤 장식도 없는 민벽이다
적막강산이 疊疊 들어온다
다시 새 그림을 걸고 무언가를 놓고
다시 또 치우기가 거듭되는 동안
아무것도 없이 서 있는 벽에 일렁이는 것이 있다
存在의 슬픔 같은 것이다
새 소도구들을 배치한다
먼지가 앉고 시간의 더께가 진다
다시 치우고 빈 벽을 세운다
세월이 흐르고 그 남자, 혹은 여자는 죽는다
그러나 벽은 남아 있다, 아무것도 없이
차츰 벽의 무표정에 표정이 떠오른다
그때 어떤 이가 있었지

그는 내 속에서 門을 열고 나와

내 속으로 門을 닫고 들어갔지

# 옷장 속의 넥타이

거기 있는 한
목을 조를 일은 없다네
형형색색의 넥타이
가만히 그냥 모셔두게
스르르 내려와 어느 순간
목을 졸라맬지 모르니

올가미처럼 내려와
슬그머니 뱀처럼 감기면
재빨리 목을 빼내게나

# 창문 넘어 도망친 101세 老人

스스로 101세 된 어린이라고 믿는
그는 거듭 거듭 생각했다
100년 넘게 살아 온 세상은
더 읽을 내용이 없는 책이라고
그는 창문 너머 허공으로 사라지기로 했다
침상이 책상이 집이 이웃이 세상이
더 이상 그를 붙잡아 두지 못하게
밤중에 몰래 그 모든 것에서 달아났다
새로운 시작을 하고 싶었다
지루함을 넘어 지리멸렬해져 가는 삶을 청산하고
호기심 많은 어린이처럼
새 학교에서 새 학년으로 시작하고 싶었다
앞서 세상을 떠난 많은 이들이 간 곳
그곳에 대한 궁금증도 컸었다
무엇보다 죽음에 멱살 잡히기 전
선수를 치고 싶었다
그곳이 천국이든 지옥이든
뭔가 틀림없이 있을 그곳으로
의사와 약사와 과학과 사제들의 만류를 뿌리치고
어젯밤 용감하게 도망쳤다
44층 열려 있는 창밖으로
망설임 없이 몸을 날렸다

# 建物

建物이라는 건 세울 建에 만물 物의 의미다
2021년 6월10일 오전 철거 중이던 광주 학동 상가건물 붕괴사고 현장에서
나는 건물의 실체를 보았다

세운 것은 무너진다는 것과
종종 힘없이 무너지는 것이 서 있는 것보다 힘이 세
죽은 것이 산 것을 무찌른다는 것

오래된 건물은 엄청난 소리로 가득 차 괴성을 지르며 엎어진다는 것
그리고 폭삭 주저앉은 건물더미 위에 핀 자욱한 먼지구름을 바라보며
우리의 문명과 세상도 먼지로 이루어졌다는 것

언젠가 지구를 뒤덮은 먼지가
우주까지 자욱하리라는 것 등등….

* 6월10일 오전 광주 동구 학동 재개발지역 철거 공사 중이던 지상 5층
  짜리 상가 건물이 통째로 무너지면서 그 잔해가 건물 앞 정류장에 정
  차해 있던 시내버스 1대를 그대로 덮쳤다. 건물 잔해로 함몰된 버스
  안에 갇힌 17명 중 9명이 숨지고 8명이 중상을 입었다. 사망자 중엔
  아들 생일 미역국을 끓여놓고 바쁘게 나간 60대 어머니, 학교에서 귀
  가 중이던 고2 학생, 봉사활동을 마치고 귀가하던 70대 여성 등이 포
  함돼 있어 주위를 안타깝게 했다.(신진호 기자 sayho@seoul.co.kr)

# 몽크바다표범

    지구상에서 사라진 8가지 위대한 동물 중, 1494년 콜럼부스의 두 번째 항해에서 발견된 카리브 해 몽크바다표범이 있다. 한때 25만 마리나 되던 몽크바다표범이 연구용, 식용, 기름 채취용으로 남획되어 개체수가 급감, 1952년 자메이카와 멕시코 유카탄 반도에서 마지막 목격되고 1967년 멸종위기 종으로 분류된 이후 한 번도 나타나지 않아 지구에서 영원히 사라진 것으로 보이는 몽크바다표범!

    오늘 너에게 조문한다

# 도도새

　인도양의 모리셔스 섬에서 오랫동안 그 어떤 天敵도 없이 살아, 날아야 할 필요가 없어진 도도새. 16세기 포르투갈과 네덜란드 인들이 상륙하면서 신선한 육류를 원하는 그들의 사냥감이 되어, 인간이 섬에 발을 들여놓은 지 100년 만에 희귀종이 되고 1663년 최후의 한 마리가 목격된 후 1681년 마침내 멸종되고 말았다. 세월이 흐르면서 날 일이 없어진 새는 날개를 달고서도 날지 못하는 새가 되었던 것이다.

　오늘날 어디선가 이 도도새의 뒤를 잇는
　전철을 밟고 있는 種이 있을지 모른다.
　날 필요가 없었더라도 날개를 펼쳐 날아야만 한다.

# 불로동에는 천년된 마을*이 있다

여기 오래된 마을이 있었네 낮에는 텅 비어 이글루 같은 집들만 마을을 지키고 천년 뒤의 사람들 발자국 소리 간간 고샅길을 더듬네

어둠이 내린 저녁 하나 둘 돌아와 빈집에 등을 켜면 총총한 하늘마당이 정겹네

돌아가지 않은 발길 있다면 저녁상에 둘러앉은 늙지 않는 마을사람들 환하게 만나보고 두런두런 정담 소리도 한참이나 듣겠네


* 대구 불로동 고분군

# 익룡\* 발자국

화석이 된 공룡 발자국들 따라가면
공룡을 만날 수 있을까?

청송 가다가
산비탈 암벽에 몇 줄로 찍힌 익룡 발자국

저기 어디쯤서 날아올라
영원으로 날아갔겠다

\* 중생대에 살던, 하늘을 나는 파충류. 쥐라기 초에 출현하여 백악기까지 존속하였으며 백악기 말에 거의 절멸하였다. 취구룡과 익수룡의 둘로 나누며, 전자의 대표적인 것은 쥐라기의 람포링쿠스이고, 후자의 대표적인 것은 백악기의 프테라노돈이다.

# 빨간 사과

익으면 부끄러움을 알아 비로소 낯을 붉힌다

# 나무 그늘에 나무 한 그루가 다 들어있다*

나무가 지은 그늘에는
나무의 생이 다 들어있다

나무는 수시로 제 그림자를 드리워
자신의 이력서를 보여준다

결국 모든 사물은 제 이력을 쓴다
감자는
땅 밑에
하얀 감자알로
고구마는
붉은 고구마로
제 삶을 영근다.
새들은 제 그림자로
진행형 이력을 쓴다

* 서안나 「그늘의 질량」에서 따옴

# 배고픈 버스

사람들은 하나 없고
코로나19만 탔다.

텅 빈 버스
배고프겠다.

텅 빈 지하철도
배고프겠다.

# 4부
# 聖 나무

# 겨울나무

고요히 안으로 들며 혀를 끊어 말을 버린 나무가 있다

# "눈이 내렸지만 따뜻했다." / 마릴린 먼로

1954년 한국전쟁 휴전 직후 겨울 마릴린 먼로가 우리나라를 방문했다 그녀는 나흘 동안 서울 대구 인제 등 전국에 산재한 미군 기지를 찾아다니며 10회에 걸쳐 공연을 했다. 매섭게 추운 50년대의 겨울이었다. 제대로 된 시설도 없는 전후의 열악한 환경과 조건에도 그녀는 마음을 다해 공연에 나섰고 병사들은 열광했다.

그때를 회상하며 먼로가 한 말은 지금도 나를 감동시킨다. "눈이 내렸지만 따뜻했다."

# 聖 나무

나무의 일생은 참으로 길다
베어져 쓰러져 있다가 다시 일어나
집의 기둥이 되거나 대들보가 되기도 하고
배가 되고 가마가 되고 수레가 되고
다리가 되어 내를 건너고
학교로 가 책상이 되고 걸상이 되며
공원으로 가 벤치가 되기도 한다
주걱이 되어 밥을 퍼고는
밥그릇이 되어 밥을 담고
마을의 장승으로 눈 부릅뜨고 서있기도 한다
더러 지팡이가 되어 길을 가거나
연필의 몸이 되어 백지 위를 달리기도 하고
인장이 되어 중요한 문서 위에 날인되며
온갖 것으로 세상에 존재하며 생을 이어간다
더러 세속을 떠난 나무는
설산의 고사목으로 입적하여
枯死를 固辭하며 누울 생각은커녕
곧추세운 뼈대 끝내 허물지 않고
영원을 우러르는 탑으로 서있기도 한다
나이테를 만들지 않을 뿐
살아 있을 때보다 더 오래 존재하며
생을 다하고도 생을 이어가는 나무

마지막에는 화톳불이 되어 어둠을 밝히고
아궁이로 들어가 소신공양으로
세상을 따뜻하게 하며
한 줌 재로 뿌려져 거름이 되는 뙐 나무

# 벽안壁眼

벽에도 눈이 있어
달력 걸어두었는데
벗겨낸 자리가
하얗게 드러났다
사각 눈가리개를
너무 오래 씌웠나
동자는 사라지고
흰자위만 남았다

# 2003년 봄, 벚꽃

올해 2003년의 지구촌 벚꽃은
이라크에 터지는 포성 소리로 깜짝 깜짝 놀라 핀다
예년보다 아흐레나 일찍
뭉텅, 뭉텅, 머리카락 빠지듯 '충격과 공포'로 핀다

꽃은 파열음, 피어나는 포탄
모두들 꽃 속에서 화약 냄새를 맡는다
구름같이 피는 벚꽃나무 속에 웅웅거리는 저 소리는
우왕좌왕하는 민중의 웅성거림과 발걸음들

어지러이 섞이며 난사되는 햇살
뭉게뭉게 피어오르는 화염과 연기
꽃 속에 자욱한 피 냄새
아이들 비명소리 귀청을 찢는다

벚나무는 한 그루 그루 폭발하는 버섯구름
오랜 역사와 문명의 유적이 모래 속에 무너진다
아무래도 올해 벚꽃은 피 냄새를 지울 수 없지만
맹목의 눈은 그걸 읽지 못한다

# 시인

시인은 보여주는 이
안 보이는 것을 보여주고
못 보는 것을 보여주고
없던 것까지 보여주는
詩人은 示人인데
볼 것 없는 거나 뵈주고
세상의 眞境은커녕
가슴의 진경도 아닌
제 화장한 얼굴이나
뵈주려 애쓰다니
불쌍타, 시인이여
屍人이 되려는가?
뭔가 좀 신선한 것
볼 만한 것을 보여주게나
詩人은 視人이고 示人 아니던가!

# 어떤 설치 미술가의 전시회

시나 노래의 절창처럼 미술에도 絶唱이 있다
어떤 무명 설치 미술가의 전시장에서였다

한 무더기 온갖 종류의 낡고 쓸모없는 물건들이
너절함을 온몸에 걸치고 뒤죽박죽 버려진 가운데
독처럼 웅크린 한 물체가 턱하니 가운데 놓여 있다

자세히 보니 표정이라곤 찾아볼 수 없는 사람이었다
이 무슨 퍼포먼스인가, 쓰레기장에 사람을 버리다니!
놀란 가슴으로 바라보고 있는데,

작품 제목이 「용도폐기」였고
버려진 사람은
모델은 작가 그 자신이었다

# 산울림

고향 깊은 산에는 아직
산울림이 살고 있었습니다
야호! 외치니, 야호!
반갑게 답하는 메아리
수백 살 늙었을 터인데
목소리 우렁찹니다
예전 그대로인가 싶은데
좀은 쉰 듯한 목소리
그러고 보니 우리는 같이
늙어 늙어 왔나 봅니다

# 노인

노인들은 스스로
늙었다는 생각에 사로잡혀
虜인으로 산다
무기력하게
집에 틀어박혀
囚人이 되거나
노상에서 길 잃고 헤매는
路인이 되기도 하다가
아침이나 저녁
언제 사라질지 모르는
露인으로 산다

# 무거운 오십 대

오십 대는 몸이 무거우니 봄도 무겁다 신길역을 통과하는 오후 3시50분, 가까스로 전철에 올라 조심스레 하중荷重을 내려놓는다 저맘때면 輕은 없고 重만 있어 세상사 모두가 근심스럽다 이루지 못한 꿈들과 지고 온 무게로 비틀거리며, 그는 지금 생의 어느 굽이쯤에 도달한 것일까 피기 시작하는 검버섯과 주름진 목살을 늘어뜨리고 쏟아지는 잠 속에 깜박 졸다 깰 때마다 눈을 뜨고 두리번거린다 한때는 그의 영혼도 깃털처럼 가벼웠으리라 체불된 욕망과 무효된 꿈으로 지구만큼 무거워진 그가 일어선다 무거운 生, 또 어디에 가서 부려놓을까 하루하루가 낯선 오십 대, 문이 열리자 쫓기듯 또 다른 플랫폼으로 발을 내민다

# 꼬부랑 할머니

꼬부랑 할머니가 꼬부랑 작대기를 짚고 꼬부랑길을 걸어 갑니다

꼬부랑 할머니의 꼬부랑길엔 꼬부랑 그림자가 부려져 있고, 꼬부랑 할머니는 그걸 끌고 가기가 힘에 부쳐 꼬부랑, 꼬부랑, 말똥처럼 쉼표처럼 멈추곤 합니다 그리고는 꼬부랑 몸속에서 휘유, 휘유, 꼬부랑 숨과 함께 꼬부랑길을 끄집어 내놓으며 아직도 꼬부랑, 꼬부랑, 가고 있습니다

이생 이전의 그림 같은 저녁답입니다

# 물건
### ― 용도는 있었지만 쓰인 적이 없는…


어떤 젊은 부부의 집에 굉장히 오래 된 물건이 하나 있었다. 그 물건은 그 집 할머니가 시집 올 때 가져온 것으로서 그 집의 어떤 가구나 물건보다도 오래된 물건이었다. 그리고 그 물건은 비록 먼지는 뒤집어썼지만 다락에 잘 보관되어 있었다. 그런데 그 물건을 애지중지하던 할머니가 세상을 떠나자 곧 그 물건도 버려졌다. 무려 100년 이상 보관되고 관리되어 오던 물건이었고 30년 동안은 단 한 번도 사용되어 본 적이 없는, 그러나 그 용도만은 분명히 남아 있던 물건이었다.

# 손

오늘 문득 보니 빈손이다
비어서 환한 손
쓸쓸한 듯한 그 환한 손에
고요가 와서 숨 쉬고
비로소 한 생이 빈손 안에서 오롯하다

내 안에서 움터 세상을 향해 뻗은 손
이제 갑년으로 돌아와 펼쳐보는 손
고사리 같은 새순이 갈퀴가 되고
산지사방 퍼지는 그물손이 되었네

쥘수록 더 허전했던 손
끝내 그림자만 잡고 있던 손
움켜잡은 것 없어 놓아 버리니
비로소 온전히 가득한 손

빈손이 받아 안는 푸른 허공
빈손에 나비같이 내려앉는 우주
비어서 받을 수 있고 받칠 수 있는
고요함으로
충만한 손

# 수전증 手顫症

죽음만이 치유할 수 있는 병
증상이 있다
守錢奴는 뭘 내놓을 때마다 부들부들 떨곤 했다

마음 떨림에서 시작된 증상은
처음엔 손끝만 떨었으나
차츰 눈시울과 턱을 떨게 하고
머리를 떨게 하고
발과 다리를 떨며
온몸을 부들부들 떨게 했다

눈에 띌 듯 말 듯, 보일 듯 말 듯
자린고비 근성에서 시작된 떨림은
격렬한 통증처럼 수시로 찾아와

그의 정신과 육신을 완전히 점령하고
작은 것에서부터
큰 것까지
야금야금 앗아가

마침내 목숨까지 거둬간 뒤에야
그 떨림을 멈추었다

# 소리도 옷을 입는다

저 소리는 옷을 입지 않았다,
발가벗은 소리,
엄마 뱃속에서 나와
고고의 첫울음소리
태고의 소리이자
태초의 소리이자

# 할머니 찾기

지문은 주민증에나 있다
논일 밭일로 손가락 끝이 닳아 없어졌으니
형사들은 지문을
할머니 집 농기구에서 찾아냈다
호미, 괭이, 삽자루 같은 데서

# 악수握手


어릴 적 아득한 유년의 갈피에서
초혼하듯 내가 너를 불러낸다
내 의식 속에서 지워진 너
너를 죽이고 뒤돌아보지도 않고 떠난 내가
오늘 너를 불러내 악수 청한다.
용서하라!
비겁하지만 나는 또 다른 너이기에
너를 봐서 아니 나를 봐서
내 안의 목 졸린 너에게
사죄하고 빌며 청하노니
용서하라!
네가 부를 때 대답하지 못한 나
흘려야 할 때 흘리지 못한 눈물
뒤돌아보아야 할 때 뒤돌아보지 못한 걸음
아픈, 차마 지울 수 없는 기억들
燒紙하듯 불사르고 손 내미나니
이제 머리도 희끗한 중년
나를 용서하라!
지난날 숱한 번민과 회한 속에 어른이 된 내가
부끄러운 손으로 청하는 이 악수를
오래 전의 나, 처음의 나여,
부디 작고 따스한 그 손으로 마주잡아 주라.

## 세탁소

브라질의 룰라 전 대통령이 세탁소를 차렸나보다
연일 돈 세탁 소식이 외신으로 전해온다,
비바빠 룰라! 바빠서 룰라!
재직 때나 지금이나
맑은 인물
돈도 세탁하여 쓴다니
하기야 때 묻은 돈 코 묻은 돈 똥 묻은 돈이
냄새를 피우며 쌓여 있지 않았겠나
汝矣島에도 돈 세탁소 하나
문 열면 좋겠다
침 묻고 코 묻고 똥 묻은 돈에 피 묻은 돈까지
깨끗이 세탁하여 금고에도 보관하고
지갑에 넣고 다니며
교회나 사찰에 헌금과 시주하고
아이들 용돈도 주고
유니세프에도 기부하고
세상의 배곯는 아이들 식비로도 보내고
새해 첫날 아침
세뱃돈으로도 쓰면
새 하늘에 떠오르는 그 해 첫 태양도
세수하고 나와 맑고 환하리라

# 상화尚火

우리에겐 불의 이름이다
가슴에 낙인烙印되어
꺼지지 않는 불
목마른 대지를 적시는 소나기
몽롱한 심사에 내리는
죽비

혼미한 시대
혼미한 정신에
벼락 치는 천둥
번쩍이는 섬광閃光
망망대해 등대이고
캄캄한 밤하늘의 북극성이다

닭 우는 새벽이고
민족혼이고
수밀도 같은 여인의 가슴이고
마돈나의 침실이고
다시금 높이 든 炬火로
일어서는 무릎이고
빼앗긴 들이고
빼앗긴 들에도 오는 봄이다
봄 신명에 지펴 종일토록 누비는 걸음이다

# 영혼의 창조성은 죽음 이후에도 계속된다
## — 박방희의 시세계

### 권온 문학평론가

# 영혼의 창조성은 죽음 이후에도 계속된다
## — 박방희의 시 세계

권온 문학평론가

『누란의 미녀』는 박방희의 마지막 시집이다. 다음이 없다는 것은 슬픈 일이다. 시인은 더 이상 새로운 시를 생산할 수 없다. 1946년에 태어나서 1985년부터 시를 쓰기 시작한 그는 2022년에 삶을 마감하였다. 누군가의 마지막 흔적을 되새기는 일은 경건한 마음을 동반한다. 박방희의 이번 시집을 관통하는 핵심 키워드에는 '영靈' 또는 '영혼'이 있다. 그가 '영'이나 '영혼'에 주목하는 이유는 '죽음'의 임박 또는 도래와 무관하지 않다. 노년에 들어선 시인이 죽음을 생각하면서 시로써 표현하는 일은 자연스럽다. 자신의 소멸을 강하게 예감하는 박방희는 코로나 바이러스나 문인수 시인 등을 도입함으로써 죽음을 구체화하였다. 그러나 모든 인간은 최후의 순간까지 삶을 포기할 수 없다. 시인 역시 예외가 아니었다. 그는 삶의 무게를 이겨내면서 나날의 일상을 영위하는 평범한 사람들을 응원하였기 때문이다. 우리는 이제부터 눈을 크게 뜨고, 박방희의 인생 76년을 그득

하게 담은 시집을 읽어 볼 일이다.

　　몸은 죽어 누천년 땅속에 묻혀 있었으나 이승과 저승에
　籍을 두고 영혼은 암흑 속에서 더욱 형형하여 그녀는 여전
　히 살아 있었던 것이다

　　보라. 저 모습이 죽은 사자의 얼굴인가? 입가에 감도는
　미소며 온화한 표정
　　生과 死의 절체절명적인 순간에도 우아함을 잃지 않은 저
　모습은 죽음도 감히 침범 못 하는 경계가 있음을 보여준다

　　지하의 어둠 속에서도 시공을 넘나들며
　　아득한 과거와 현세와 미래를 오가는 누란의 그녀가
　　지금 내게 다정하게 말을 걸어온다
　　　―「누란樓蘭의 미녀」 부분

　'미라'는 썩지 않고 건조되어 원래 상태에 가까운 모습으
로 남아 있는 인간이나 동물의 사체를 가리킨다. 박방희는
1980년 신장 위구르 자치구 누란에서 발견된 유럽 인종 여
성 미라에 주목한다. 시인은 누란의 미녀로 알려져 있는 이
미라가 "죽은 것이 아니었다."라고 생각한다. 그는 그녀가
"여전히 살아 있"다고 믿는다. 박방희는 누란의 미녀의 "입
가에 감도는 미소며 온화한 표정"은 "죽은 사자의 얼굴"이
아님을 확신한다. 그는 "절체절명의 순간에도 우아함을 잃
지 않은 저 모습"에 깊이 감동한다.
　이 시는 대조적인 공간 구도를 보여준다. 우리는 '몸'계

열과 '영혼靈' 계열로 구분하여 이해할 수 있다. '몸'과 '이승'과 '生'이 연결되고, '영혼靈'과 '저승'과 '死'가 연결된다. 시인은 누란의 미녀가 몸 계열과 영혼 계열을 아우르고 있다고 판단한다. 그는 이승과 저승 사이에 그녀가 위치한다고 이해한다. 박방희에 의하면 누란의 미녀는 生과 死의 경계에 있다. 또한 이 시에는 "과거와 현세와 미래" 등 시간 또는 세월의 흐름이 내재한다. 시인은 누란의 미녀가 "시공을 넘나들며", "지금 내게 다정하게 말을 걸어온다"라고 이야기한다. 그녀는 "靈의 세계"에 위치하는 "영혼"의 소유자이다. 우리는 죽음을 단순한 죽음으로서 수용하는 게 아니라 삶과 긴밀하게 결속된 죽음으로서 해석하는 박방희의 시를 '靈의 시' 또는 '영혼의 시'로 일컫고 싶다.

> 반달 같은 얼굴들, 아니 온달같이 합장한 마음들
> 福券을 산다는 것은 언젠가 한 번은 다가올 행운에 기대
> 希望을 사는 것이고 꿈을 사는 것이다
>
> 이 땅의 백성들만큼 행운이 절실한 국민이 없다 줄선 사람들 모습에 각인된 구구절절한 사연들, 모두 행운을 기원하며 주말을 기다린다 이건 신앙 이전의 종교이자 애국이고 진통제이고 마약이고 구원이다 오늘의 시름과 미래의 불안에서 벗어나게 하는 만병통치 처방전이고 또 한 판의 굿이다
>
> 馬券도 아니고 株券도 아니고 福券이라니 얼마나 福된 것이냐!

> 그건 福을 누릴 권리이자, 복을 살 권리고 복을 꿈꿀 권
> 리이다
> ―「福券」부분

　이번 시는 "福券"을 다룬다. 많은 사람들 또는 "반달 같
은 얼굴들"이 복권을 산다. 시인은 그들이 "福券을 산다는
것"을 어떻게 이해하는가? 박방희는 복권을 사는 사람들이
"언젠가 한 번은 다가올 행운에 기대 希望을 사는 것이고 꿈
을 사는 것이다"라고 해석한다. 그에 의하면 "이 땅의 백성
들"이 힘든 '주중'을 견딜 수 있는 이유는 복권을 살 수 있는
"주말"이 있기 때문이다. "주말을 기다"리는 사람들에게 복
권은 "종교", "진통제", "마약", "구원", "처방전", "굿" 등
에 해당한다. 시인은 복권의 '복福'에 주목한다. "이 땅의"
평범한 이들에게 복권은 "福을 누릴 권리이자, 복을 살 권
리고 복을 꿈꿀 권리"이다. 그는 우리가 "한 주간"을 버티기
위해서는 "福된 것"으로서의 복권이 꼭 필요하다고 이야기
한다. 그것은 "행운"이자 '희망'이며 '꿈'이기 때문이다. 앞
으로는 박방희의 조언을 수용하여 "복권 가게 앞에 흐린 얼
굴로 줄선 사람들 비웃지 말"아야 할 것이다.

> 누구는 십 년 만의 휴가라 한다
> 코로나 바이러스 내습으로 강제 격리되거나
> 위리안치圍籬安置된
>
> 그러나 하루 이틀 사흘 나흘…….
> 휴가가 길어지면서

못질된 집 안에서도 차츰 비어가는 것이 있다

냉장고가 비어가고
얼마 안 남은 통장도 비어가
차츰 생활이 비며 삶도 비어

코로나 바이러스 휴가가
더러는 영원한 휴가가 되기도 하였다
　　　　　　　　　　　　　—「휴가」 전문

　'휴가'는 일정한 기간 동안 쉬는 일을 뜻한다. 여기에서
'일정한 기간'이라는 부분에 주목할 수 있다. 휴가는 본래
일시적인 쉼이나 휴식을 의미한다는 이야기이다. 문제는
"코로나 바이러스"라는 심각한 변수가 발생했다는 점이다.
코로나 바이러스가 창궐한 이후 사람들이 "강제 격리되거
나 위리안치圍籬安置된" 경우가 많다. 곧 다수의 사람들이
일정한 기간 동안 쉬거나 휴식을 취하는 게 아니라 "영원
한 휴가"로 내몰린다. 우리가 휴가를 달콤하게 여기는 까
닭은 제한된 기간 동안 일상에서 벗어나 특별한 체험을 경
험할 수 있기 때문이다. 휴가가 무제한으로 주어진다는 것
은 되돌아갈 본업의 상실을 의미하고 이는 심각한 경제적
인 문제를 유발할 수 있다. 이 시의 표현대로 "냉장고가 비
어가고 얼마 안 남은 통장도 비어가 차츰 생활이 비며 삶도
비어"버린다면 인간은 엄청난 불안과 공포에 휩싸이게 된
다. 이 땅의 국민들이 강제적이고 영원한 휴가가 아닌 일정
하고 일시적이며 자유로운 휴가를 맘껏 즐길 수 있기를 바

라는 마음 간절하다.

> 발발 이후 확진자 0
>
> 영이라는 숫자가 이처럼 반가울 수가
>
> 죽은 조상 만난 듯이 반가운 0
>
> 제발 0이 이어지기를
>
> 다가오는 날마다 0이어서
>
> 영원히 영영이기를
>
> 0이 이토록 귀한 줄 모르고 살았네
>
> 0은 靈이 되거늘
>
> 없으면 위험한 몸 아니 죽은 몸
>
> 영이야말로 알맹이
>
> 0에게 두 손 모으며
>
> 0을 두 팔로 받아 안는다
>
> 백보다 천보다 만보다 0인 것을
>
> 영이 우주이고 우주가 0인 것을
>
> 그래서 空이라고도 하지 않는가
>
> 모든 것의 시초이고 출처이고 끝인 것을
>
> 모든 것의 알인 영
>
> 0에서 태어나
>
> 비로소 시작할 수 있으니…….
>
> ―「오늘 확진자는 0이었다」 전문

박방희가 이 시에서 주목하는 대상은 "0"이다. 그가 포착한 '0'은 단순한 "숫자"가 아니다. 시인에게 0 또는 "영"은 "靈"으로 연결된다. 그것은 "죽은 몸"이나 "죽은 조상"과

관련되는 어떤 "알맹이" 또는 "알"이다. 박방희는 이제 0이 "모든 것의 시초이고 출처이고 끝인 것을" 깨닫는다. 그가 0을 향한 철학적 사유를 전개하게 된 이유는 코로나 바이러스라는 시대의 화두 때문이다. "오늘 확진자는 0이었다"라는 감격적인 사실 앞에서 시인은 "0에게 두 손 모으며 0을 두 팔로 받아 안는다". 그에게 0은 "영원히" 머물러있기를 바라는 절대적인 "우주"가 된다. 박방희는 "0이 이토록 귀한 줄 모르고 살았네"라는 성찰에 다다른다. 시인이 이번 시집에서 추구하는 핵심 메시지에는 '영혼'이 위치한다. 이 시는 앞에서 다룬 「누란의 미녀」와 함께 '영혼 불멸설'을 형상화한다는 점에서 유의미하다.

손 아무개라는 교수 출신 정치인
'저녁이 있는 삶'을 들고 나와 주목받은 게
바로 엊그제 일 같은데
저녁이 있는 삶은 아득히 잊히고
그 역시 몽니를 부리다가 어느새 손절되었다
지금은 코로나19 바이러스 시대
저녁이 있는 삶은
그저 한여름 밤의 꿈이거나
아득한 옛날이야기
삶이여, 바라건대
아침이 있는 삶을 다오
가족의 배웅을 받으며
매일 출근할 수 있는 직장
어디든 일하러 갈 수 있는 일터

잘 다녀오라는 인사를 주고받을
아침이 있는 삶을 다오!
—「아침이 있는 삶」 전문

　시詩를 쓰는 이로서의 시인詩人은 언어에 민감하다. 시인
은 무언가에 이름을 붙이는 일에 유독 예민한 촉수를 드러
내기도 한다. 박방희는 이 시에서 한때 대한민국 사회에서
이슈가 되었던 용어인 "저녁이 있는 삶"을 도입한다. 그가
보기에 '저녁이 있는 삶'은 이제 "아득히 잊히고" 있다. 시
인은 "코로나19 바이러스 시대"에 그러한 삶이 "그저 한여
름 밤의 꿈이거나 아득한 옛날이야기"가 되어버렸다고 진
단한다. 그는 기존의 저녁이 있는 삶을 대체할 수 있는 새
로운 이름을 발견한다. 박방희가 주목하는 새로운 삶의 방
식은 "아침이 있는 삶"이다. 아침이 있는 삶이란 "가족의 배
웅", "출근", "직장", "일터", "잘 다녀오라는 인사" 등을 포
괄한다. 시인이 판단하기에 코로나19 바이러스 시대의 사
람들은 '아침이 없는 삶'을 살아가는 경우가 많다. 그에 따
르면 우리에게 필요한 것은 이제 '저녁이 있는 삶'이 아닌
'아침이 있는 삶'이다. '생계'나 '생존'과 관련될 수 있다는
점에서 아침이 있는 삶을 향한 시인의 호소는 시의적절한
네이밍으로 판단된다.

　대체로 모든 죽음은 뜻밖의 죽음이다

　생각지도 못한 것이고
　예외적이고

또 결정적인 것이니

자고나면 몇 사람이 죽고 또 뜻밖의 누가 죽었다는 말
을 듣는다
이제 죽음도 새삼스럽지 않은, 참 일상적인 것이 되었다
지인이나 심지어 가까운 인척이 죽었다고 해도 그런가
할 뿐,
　　—「죽음, 또는 죽었다는 말」 부분

박방희의 이번 시집은 '죽음' 또는 '소멸'에 대한 세밀한
관찰이나 천착의 소산으로 이해할 수 있다. 그는 우리 사
회에서 코로나 시대 이후에 죽음의 양상이 바뀌었음을 발
견한다. 시인이 보기에 무릇 죽음이란 "뜻밖의 죽음"이고,
"생각지도 못한 것"이며, "예외적이고 또 결정적인 것"이어
야 한다. 각각의 죽음은 제 몫의 가치를 갖고 남겨진 사람들
에게 깊은 울림으로서 다가서야 하는 것이다. 그러나 코로
나 이후에 모든 게 변했다. "자고나면 몇 사람이 죽고 또 뜻
밖의 누가 죽었다는 말을 듣는" 상황에서 죽음은 "새삼스럽
지 않은, 참 일상적인 것이 되었"기 때문이다. 이 시는 "죽
음, 또는 죽었다는 말"이 일상화된 안타까운 현실을 환기하
고, "코로나19 바이러스에 속수무책 당하는 세상"을 살아
가는 사람들을 따스하게 위로한다.

한 줄기 위로 위로 오르는
화장장의 저 연기는 누구의 몸인가
죽는다는 것은 가벼워짐이고

가벼워지지 않고는

세상을 떠날 수 없음인가

연기가 되어 병 속으로 드는 거인처럼

연기를 잡으면

본래의 몸을 잡는 것인가

우리는 모두 緣起로 태어나 생을 演技하다

한줌 煙氣로 사라질 뿐이다

하늘로 흩어지면서

神만이 아는 문자로

생의 내력을 보여주는 연기

죽는다는 것은

발길이 끝나면 지워지는 길처럼

한 줄기 연기로 사라지는 일

사라짐으로써 아름다운 연기

길은 宇宙로 열려 있다는 듯

마지막 행로를 표시하며

자꾸만 위로 위로 오른다

　　　—「연기煙氣」전문


　박방희는 이번 시에서도 언어에 집중하는 언어 장인으로서의 면모를 유감없이 발휘한다. 시인의 눈에 포착된 것은 어느 "화장장"의 "연기"이다. 그는 하늘로 올라가는 연기의 궤적을 관찰하면서 "누구의 몸"을 떠올리고 "죽는다는 것"을 생각한다. 박방희는 연기를 복합적으로 파악한다. 연기는 첫째, '煙氣'이고, 둘째, '緣起'이며, 셋째, '演技'이다. 인간의 몸이 불에 탈 때 발생하는 기체로서의 연기는 "본래의 몸"에 내재하는 "생의 내력"을 담고 있다. 우리는 모두 인연에 따른 결과로서의 연기에 의해 태어났다. 또한 인간은 배우가 되어서 각자에게 주어진 배역을 일생 동안 연기한다. 시인은 화장장의 연기로 마감되는 인간의 생을 "神"이나 "宇宙"와 연결한다. 사람의 삶은 육체의 소멸로 끝나는 게 아니라 더욱 크고 높으며 넓은 공간으로 이동한다. 우리는 언젠가 "사라짐으로써 아름다운 연기"로 거듭날 것이다.

그는 곧잘 고치 속 애벌레처럼
스스로 몸을 작게 만들었다
서 있을 때도 굽은 어깨 죽지 밑으로
아랫몸을 말아 넣었다
그는 벽과 친했다
어떤 자리에서든 벽을 등지고 앉아
자신을 벽 속으로 우겨 넣었다
종종 구석에서 그를 찾아낼 때면
웅크린 구석에 묻히듯 안겨 있었다
그럴 때 그는 아주 편안해 보였다
의자에서는 몸을 의자에 맞춰
완벽한 합일을 이루어 냈다
여럿이 둘러앉은 자리에서도
자그마한 그를 찾아내기란 쉬웠다
벽을 둘러보면 양각되거나
반쯤 들어가 음각된 그가 있었다
마치 벽이 두런두런 얘기하듯 했다
이제 뚜껑을 닫고 관 속으로 들어간

시인을 만나기가 쉽지 않게 되었다
그는 사라지고 일생도 끝난 것이라지만
그의 시가 회자되고 추억되는 한
일생은 계속될 것이다
지금도 가끔 구석에서 그를 끄집어내고
벽속에서 일으켜 세우기도 하므로
나는 그가 관이 아니라
수많은 벽속으로 사라졌다고 믿는다
　　　—「벽 속의 시인 — 고 문인수 시인을 생각하며」 전문

　　박방희가 각별하게 생각하는 동료 시인으로서 문인수가
있다. 박방희와 문인수는 고향(경상북도 성주)이 같고, 출
생 시기(1946년과 1945년)도 비슷하며, 시인으로서의 출
발 시기(1985년)도 겹치는 등 공통점이 매우 많다. 이런 까
닭에 박방희가 문인수를 특별한 동료이자 친구로서 생각하
는 것은 자연스럽다. 박방희가 이해하는 문인수는 "고치 속
애벌레" 같았다. 문인수는 "벽과 친했"고, "자신을 벽 속으
로 우겨 넣었다". 또한 그는 "웅크린 구석에 묻히듯 안겨 있
었"고, "몸을 의자에 맞춰 완벽한 합일을 이루어 냈다". 요
컨대 문인수 시인은 '벽'이나 '구석' 또는 '의자' 등 다양한 대
상 속에 자신을 숨기려고 노력했다. 박방희는 다양한 사물
뒤에 스스로를 감추려고 노력했던 문인수가 "아주 편안해
보였다"라고 진단한다. 박방희는 "이제 뚜껑을 닫고 관 속
으로 들어간" 문인수가 아직 죽지 않았다고 판단한다. "그
의 시가 회자되고 추억되는 한 일생은 계속될 것이다"라고
이야기하기 때문이다. 문인수는 박방희가 "수많은 벽속으

로 사라졌다고 믿는다". 우리는 일상의 다양한 순간마다, 도처의 벽을 만날 때마다 "벽 속의 시인"으로서의 문인수와 만날 수 있다. 이것은 한국시를 사랑하는 독자들에게 다행스러운 일이 아닐 수 없다.

> 시인은 보여주는 이
> 안 보이는 것을 보여주고
> 못 보던 것을 보여주고
> 없던 것까지 보여주는
> 詩人은 示人인데
> 볼 것 없는 거나 봬주고
> 세상의 眞境은커녕
> 가슴의 진경도 아닌
> 제 화장한 얼굴이나
> 봬주려 애쓰다니
> 불쌍타, 시인이여
> 屍人이 되려는가?
> 뭔가 좀 신선한 것
> 볼 만한 것을 보여주게나
> 詩人은 視人이고 示人 아니던가!
> ―「시인」 전문

　"시인"은 어떤 사람인가? 박방희에 의하면 '시인'은 "詩人"이자 "示人"이며 "視人"이고 "屍人"일 수 있다. 시인은 시를 쓰는 사람이다. 시인은 무엇인가를 "보여주는 이"이다. 곧 시인은 "안 보이는 것"과 "못 보는 것"과 "없던 것"을 보여주는 사람이다. 평범한 이들이 볼 수 없는 것을 보여주기 위해서, 시인은 남다른 시각에서 볼 수 있는 사람이어야 한다. 무언가를 특별한 관점에서 볼 수 있어야, 누군가에게 보여줄 수 있기 때문이다. 박방희가 보기에 언젠가부터 진정한 시인을 찾기가 어려운 시대가 되었다. 우리는 "세상의 眞境"을 제시해야 할 시인이 사라진 시대에 살고 있다. 제 "가슴의 진경"을 제시할 수 있는 시인도 찾기 힘든 시대가 도래하였다. 박방희가 보기에 "제 화장한 얼굴이나 봬주려 애쓰"는 이는 시인이 아니다. 그런 자는 詩人이 아닌 屍人에 가까울 것이기 때문이다. 이 시를 통해서 많은 독자들이 "뭔가 좀 신선한 것 볼만한 것을 보여"줄 수 있는 진정한 시인을 찾는 여정에 동참할 수 있을 것 같다.

오십대는 몸이 무거우니 봄도 무겁다 신길역을 통과하는 오후 3시50분, 가까스로 전철에 올라 조심스레 하중荷重을 내려놓는다 저맘때면 輕은 없고 重만 있어 세상사 모두가 근심스럽다 이루지 못한 꿈들과 지고 온 무게로 비틀거리며, 그는 지금 생의 어느 굽이쯤에 도달한 것일까 피기 시작하는 검버섯과 주름진 목살을 늘어뜨리고 쏟아지는 잠 속에 깜박 졸다 깰 때마다 눈을 뜨고 두리번거린다 한때는 그의 영혼도 깃털처럼 가벼웠으리라 체불된 욕망과 무효된 꿈으로 지구만큼 무거워진 그가 일어선다 무거운 生, 또 어디에 가서 부려놓을까 하루하루가 낯선 오십 대, 문이 열리자 쫓기듯 또 다른 플랫폼으로 발을 내민다
　―「무거운 오십 대」 전문

시인은 "오십 대"에 주목한다. 그가 보기에 '오십 대'에 속하는 사람들의 핵심 속성은 형용사 "무겁다"와 강하게 결속된다. 박방희에 의하면 오십 대는 "세상사 모두가 근심스"러울 '나이'이다. 오십 대 중에는 "이루지 못한 꿈들과 지고 온 무게로 비틀거리"는 경우가 많다. "저맘때면 輕은 없고 重만 있어", 부담스러운 "하중荷重"을 느끼기 쉽기 때문이다. 요컨대 시인이 파악하는 오십 대는 "무거운" 나이를 대표한다. 오십 대는 감당해야 할 것들이 오롯이 밀려오는 시기이고, 그동안 추구하던 인생의 성패가 판가름나는 시기이다. 이 시는 구체성을 확보하고 있다는 점에서 매력적이다. 곧 "오후 3시50분"에 담긴 '시간'과 "신길역"에 담긴 '공간'은 독자들의 상상력을 신선하게 자극한다. 박방희는 이번 시에서 '무거우니', '무겁다', '荷重', '重', '무게', '무거워진', '무거운' 등 '무겁다' 관련 표현들을 반복하면서 변주한다. 반복과 변주는 시와 예술은 물론이고 문화와 삶에 있어서도 본질에 가까울 수 있다. 이 시는 지금, 오십대에 속하는 이들과 언젠가 오십대에 도달할 이들에게 은근한 힘을 제공한다.

오늘 문득 보니 빈손이다
비어서 환한 손
쓸쓸한 듯한 그 환한 손에
고요가 와서 숨 쉬고
비로소 한 생이 빈손 안에서 오롯하다

내 안에서 움터 세상을 향해 뻗은 손

이제 갑년으로 돌아와 펼쳐보는 손
고사리 같은 새순이 갈퀴가 되고
산지사방 퍼지는 그물손이 되었네

쥘수록 더 허전했던 손
끝내 그림자만 잡고 있던 손
움켜잡은 것 없어 놓아버리니
비로소 온전히 가득한 손

빈손이 받아 안는 푸른 허공
빈손에 나비같이 내려앉는 우주
비어서 받을 수 있고 받칠 수 있는
고요함으로
충만한 손
　　　─「손」전문


　만약 인간에게 손이 없다면? 생각만 해도 아찔하다. 인간
에게 손은 매우 긴요하다. 손이 있기에 물건을 들 수 있고,
밥을 먹을 수 있으며, 글을 쓸 수 있다. 사람들은 자신의 손
에 많은 것을 담기를 원한다. 사람들은 자신의 손이 많은 것
을 쥐기를 원한다. 손은 인간의 요구나 욕망을 실현하는 도
구로써의 기능을 담당한다. 우리는 삶을 살아가는 동안 "세
상을 향해", '손'을 뻗는다. 인간은 늘 내뻗은 손을 활용하여
무언가를 움켜잡기를 원한다.
　박방희는 "이제 갑년으로 돌아와", 손을 "펼쳐"본다. "고
사리 같은 새순"을 닮았던 유년의 손은 시간의 흐름 속에서

"갈퀴"가 되고 또 "그물손"이 되어서 확장되었을 것이다. 시인이 일생을 되돌아보는 노년의 시기에 손을 바라보니 "빈손"이었다. '빈손'은 "환한 손"이고 "고요가 와서 숨 쉬"는 손이며 "한 생이", "오롯"한 손이다. 그는 "움켜잡은 것 없이 놓아 버리니 비로소 온전히 가득한 손"임을 깨닫는다. 박방희에 의하면 빈손은 "푸른 허공"이나 "우주"와 연결되는 "고요함으로 충만한 손"이다. 요컨대 텅 빔으로써 가득찬다는 역설의 논리를 보여주는 개성적인 은유이자 상징이 바로 빈손이다.

박방희의 유고 시집『누란의 미녀』를 점검하였다. 11편의 시를 중심으로 파악한 이번 시집에서 가장 두드러진 핵심어는 '영靈' 또는 '영혼'이다. 디팩 초프라Deepak Chopra에 의하면 "삶을 매혹적으로 유지하는 것은 영혼의 끊임없는 창조성이다.(What keeps life fascinating is the constant creativity of the soul.)" 시인이 '영' 또는 '영혼'을 노래한 이유는 삶의 마감을 예감하고 있었기 때문인지도 모른다. 그는 자신의 '몸' 또는 '육체'의 소멸 이후에도 사랑하는 사람들 곁에 있기를 원했을 테다. 디팩 초프라는 삶을 매혹적으로 유지하기 위한 요건으로서 영혼의 창조성을 생각했지만, 필자는 이렇게 수정하고 싶다. 영혼의 창조성은 삶은 물론이고 죽음 이후의 상황에도 꼭 필요하다. 인간의 죽음 이후에도 창조성을 지닌 영혼이 지속될 수 있다면 얼마나 멋진 일이 될 것인가. 영혼의 창조성이 언제까지나 시인에게도 또 우리들 모두에게 머무르기를 바라는 마음 간절하다. 박방희가 쏘아올린 영혼을 위한 노래들이 앞으로도 오랫동안 많은 사람들의 마음에 남아있기를 바란다.

# 박 방 희

1985년부터 무크지『일꾼의 땅』,『민의』,『실천문학』등에 시를 발표하며 등단. 시집『불빛 하나』,『세상은 잘도 간다』,『정신은 밝다』,『복사꽃과 잠자다』,『나무 다비』,『사람 꽃』,『허공도 짚을 게 있다』,『생활을 위하여』,『무궁화꽃이 피었습니다』, 시조집『너무 큰 의자』,『붉은 장미』,『시옷 씨 이야기』, 현대시조 100인선『꽃에 집중하다』, 외『참새의 한자 공부』,『우리 속에 울이 있다』,『참 좋은 풍경』같은 수만 부씩 팔린 스테디셀러 동시집이 있다. 방정환문학상, 우리나라좋은동시문학상, 한국아동문학상, (사)한국시조시인협회상(신인상), 금복문화상(문학부문), 유심작품상(시조부문) 등 수상. 현재 마천산 자락에서 전업작가로 살고 있다.

박방희 시인(1946-2022)은 2022년 12월 6일 향년 76세로 이 세상을 떠나 하늘나라로 돌아가셨습니다.
이 유고시집을 독자 여러분들에게 바칩니다.

박방희 시집
## 누란의 미녀

| | |
|---|---|
| 발　　행 | 2023년 3월 24일 |
| 지 은 이 | 박방희 |
| 펴 낸 이 | 반송림 |
| 편집디자인 | 반송림 |
| 펴 낸 곳 | 도서출판 지혜, 계간시전문지 애지 |
| 기획위원 | 반경환 이형권 |
| 주　　소 | 34624 대전광역시 동구 태전로 57, 2층 도서출판 지혜 |
| 전　　화 | 042-625-1140 |
| 팩　　스 | 042-627-1140 |
| 전자우편 | ejisarang@hanmail.net |
| 애지카페 | cafe.daum.net/ejiliterature |

| | |
|---|---|
| ISBN | 979-11-5728-499-3　03810 |
| 값 | 10,000원 |